屋邨喵
笑門來福

Mango Naoko

目錄

manganacho

彩虹邨

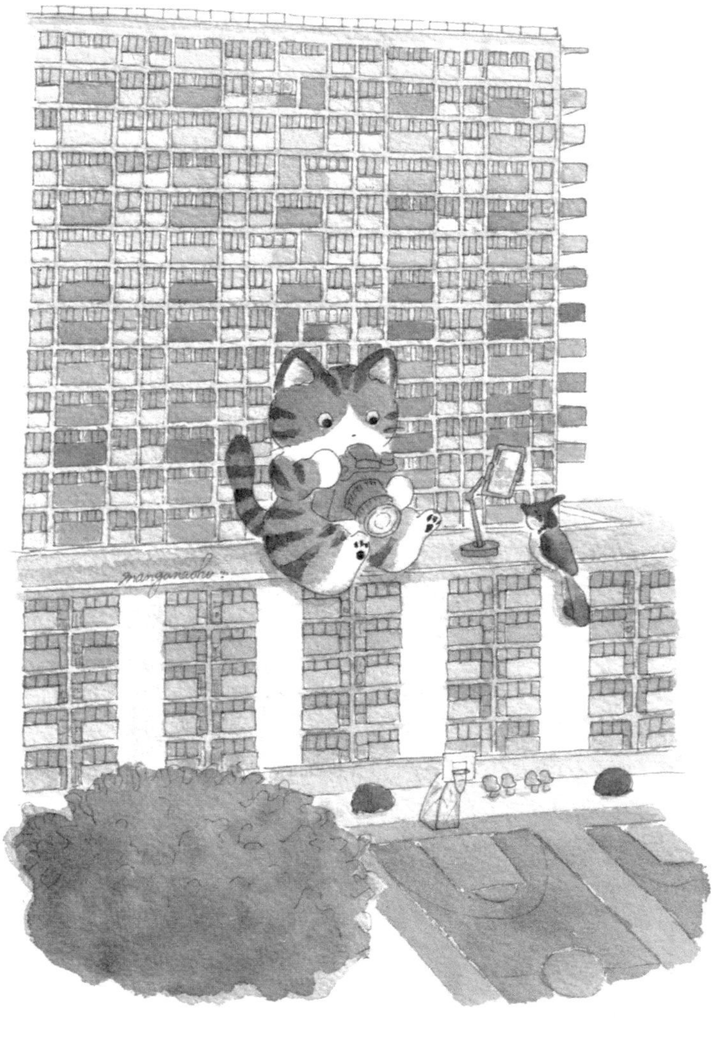

永 容 百 貨
行 樂 園 春 田
mangamaiho

早晨！

午安！

一日之計由禮貌打招呼開始。

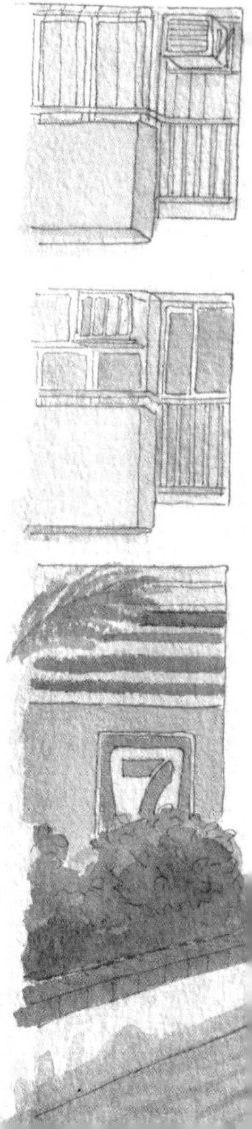

小學時，有同學給我一個鬧鐘做生日禮物；
對小學生來說，鬧鐘是一份十分高級的禮物。

開箱時心兒怦怦跳，
心想究竟是叮噹，還是鹹蛋超人呢？
結果拿出來卻是坂本龍馬
（日本著名歷史人物）的
鬧鐘。

「快啲同我起身！」

從此以後，每天早上我聽著這土佐腔
（高知縣的方言）起床。

人物造型鬧鐘要按頭上的按鈕
才能停止響鬧，
每天拍打坂本龍馬的頭雖然
有點不好意思，
不過多虧這鬧鐘，每天早上
才能準時起床。

坂本龍馬是江戶時代的土佐藩鄉士（武士階級的一種）。
也是電視劇和電影裡經常出現的大人物。
每次想到「那麼有名的人每天叫我起床！」，
總覺得很不可思議。

叮噹
IQ博士
米奇老鼠
鹹蛋超人

你最想誰叫你起床呢？

李應記鐘錶行
專業.鐘錶眼鏡
LI YING KEE CLOCK WATCH & OPTICAL CO.
彩虹村金碧樓14號
李應記
ALBA
CASIO
CASIO

擁有一個屬於自己的時鐘十分重要，
一個按照自己的步調來劃分時刻的時鐘。
沒必要跟別人比較，
一分一秒按著自己的節奏前進，
花朝月夕，欣然迎接每一天。

Heigh-ho～

嗨噢～

邊唱歌邊走路回家真的很高興。

今日辛苦晒，

聽日繼續努力！

白雪樓 PAK SUET HOUSE
manguinaoko

「喂喂，妳好呀，我係小奈。
請問阿香喺唔喺度呀？」

從電話筒裡聽到各式各樣的聲音：
有她爸爸看電視的聲音，
也有她媽媽嚷著「有電話呀～快啲嚟聽啦！」
的聲音，
然後還有不小心把話筒掉下的聲音。

那個年代家裡只有一台電話，
家人共用一台電話是平常事。
其實同一屋簷下，以前大家共同分享的
又豈止電話呢？

「喂？喂？」

「今個星期日晚，
可唔可以 book 八個人嘅枱呢？」

「我去買豉油好快返嚟。」

話雖如此，不過經常很久也沒回來，

家人也沒有特別擔心，

心想一定是碰到熟人在聊天吧。

發興茂昌雜貨
發興糧食公司

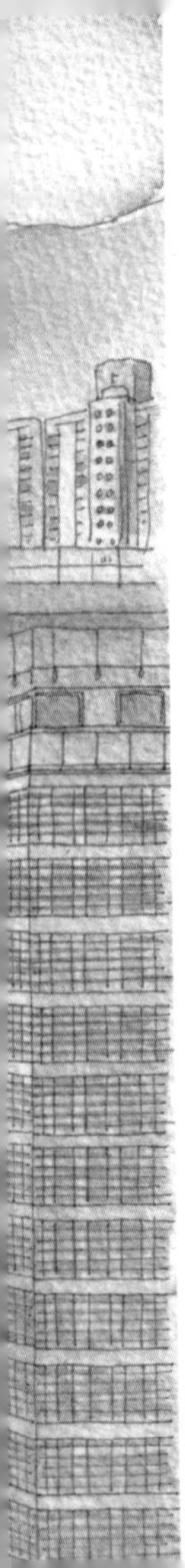

中秋節快樂！

獅子山下，

那些年一起賞月的日子。

mangonaoho

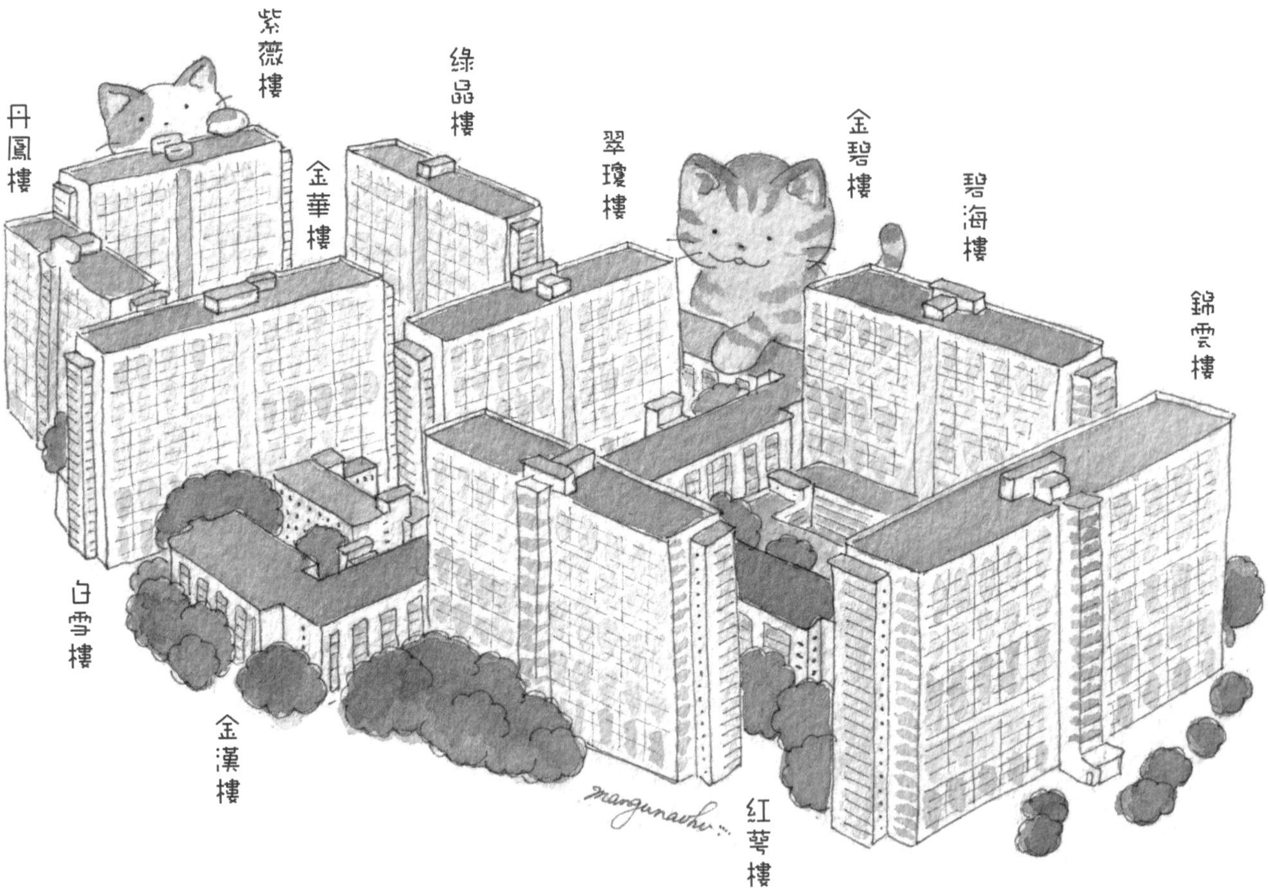
丹鳳樓
紫薇樓
綠晶樓
金華樓
翠瓊樓
金碧樓
碧海樓
錦雲樓
白雪樓
金漢樓
紅萼樓

幼稚園的時候，我在班上被分到「紫羅蘭組」，
鄰居的朋友們卻被分到「櫻花組」。
為了小朋友容易記得，
組名通常會用花卉或動物來命名。

漢字寫出來雖然有點難，
不過都是很漂亮的名字。
以前的名字雖然樸素但很有心思，
大人們真的很厲害啊～

友愛邨

家裡的時鐘、
爸爸的手錶，
也會有沒電停下來的時候，
為什麼只有我肚子裡的時鐘，
卻每天那麼準時呢？

咕嚕～咕嚕～

明明中午響過一次，
晚上又咕嚕咕嚕作響！

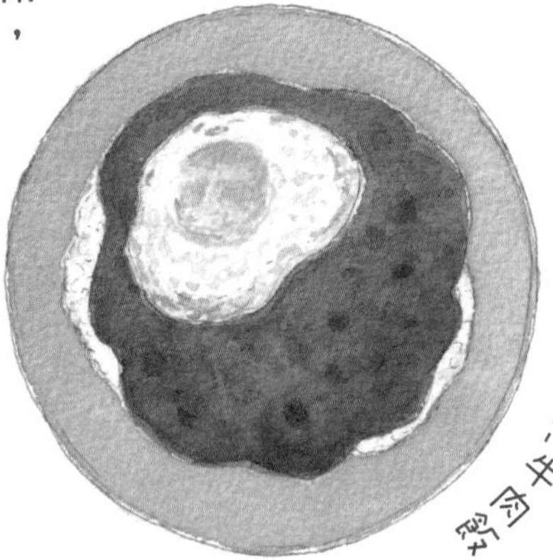

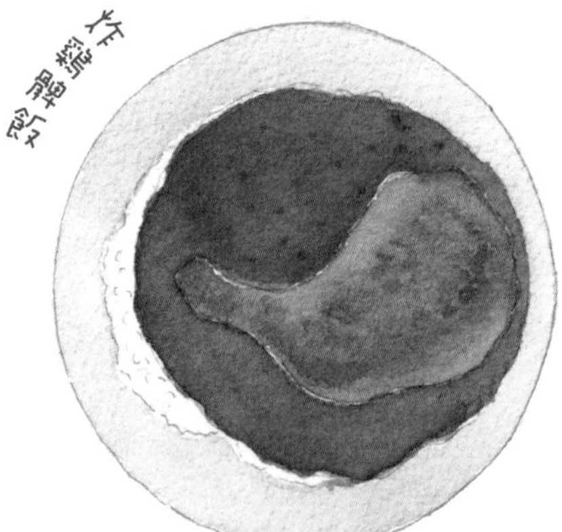

發發快餐
fat fat fast food
212
招請

mangonaoko

「睇咗最新嗰期漫畫未呀？」

「下個禮拜足球比賽唔知邊隊會贏呢？」

「喂喂～有冇睇到老師轉咗髮型？」

跟朋友聊天的話題日日新鮮，
我們也是一天比一天成熟啊。
所以即使每天看着同一份餐單，
味道也是每次不一樣的。

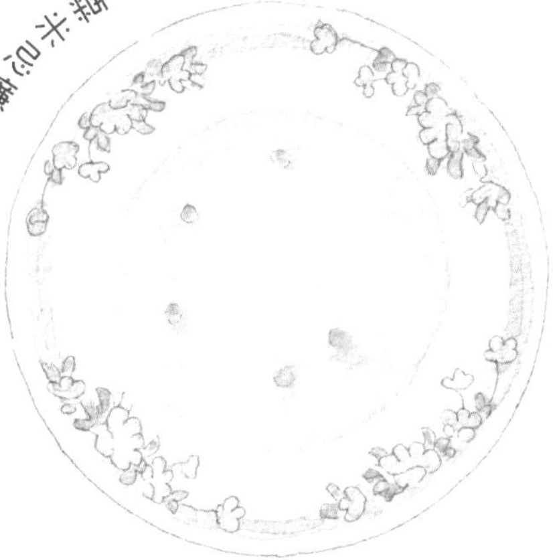

粟米忌廉湯

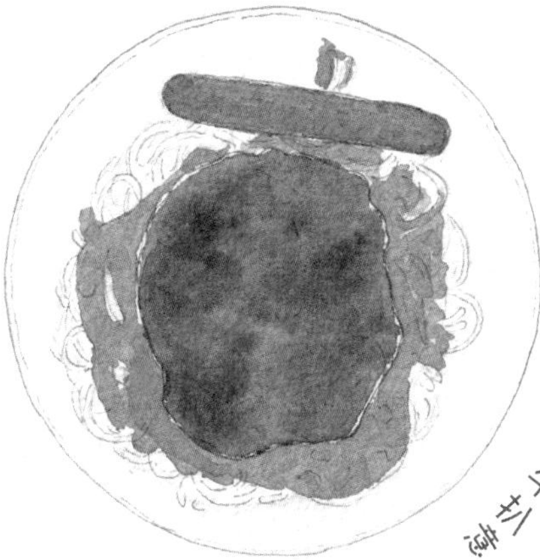

腸仔牛扒意

友愛站

只有一個月台，
路線也只有一條。

好像屋邨的私人車站喔～
噓……不要說得那麼大聲，
給別人聽到羨慕我們就不好意思了。

天逸 751
1099
mangmaoho

友愛商場
YAU OI COMMERCIAL COMPLEX
manganaoko

叮叮叮～

「751往天逸嘅列車，向前進發！」

友愛廣場 YAU OI SQUARE

發表會

第一次站在舞台上是什麼時候呢？
是幼稚園教室裡？還是小學禮堂裡呢？

那時候表演什麼已經不記得了，
不過還記得在台上，目光拚命去找父母的位置。
在台上卻假裝沒有很在意父母的眼光，
也假裝完全沒有緊張。

比起表演的內容，
其實故作鎮定需要更高階的演技啊！

慢慢走，勿亂跑，
馬路如虎口；
交通規則要遵守，安全第一，
砵砵～命長久！

manganaoko

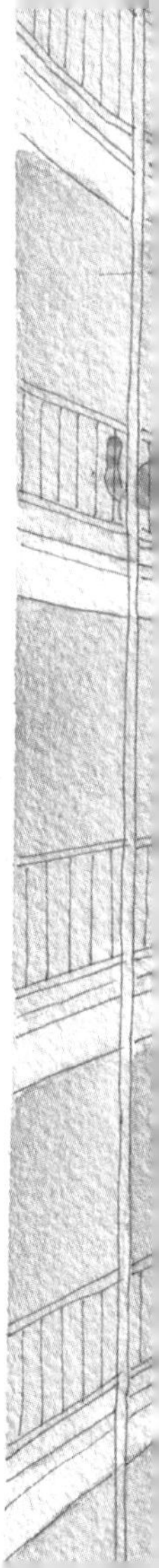

「未做完功課唔准出去玩呀！」

雖然媽媽這樣說，
但朋友叫我出去玩，還是沒辦法拒絕的。

為了不給媽媽看到，
低着身子溜出去，
一出門就拚命奔跑。

其實那時候不知道，
媽媽從走廊上看得一清二楚。

以前的電話不是在電話殼裡，
而是在一個亭子裡的啊！
雖然沒辦法隨身攜帶，
但絕對不會弄丟。

要打電話的話，
一定要帶硬幣或電話卡。

如果有人在用的話，
你還得在外面耐心等待。

當然也沒辦法登錄電話號碼，
所以只能用腦袋記著或寫在電話簿裡。

嗶～嘟～嘟～嗶

嘟嚕嚕嚕～

嘟嚕嚕嚕～

沙～沙～沙～沙

咔嚓！

電話的各種聲音，

還記得嗎？

廣福邨

應該比去年長高了吧，
有一天會長得比哥哥高嗎？

mangunaoko

雖然沒有什麼遊戲說明，
但我們每次總會想出一個最好玩的方法。
誰第一個爬上去就算贏；
誰第一個繞一圈就算贏。

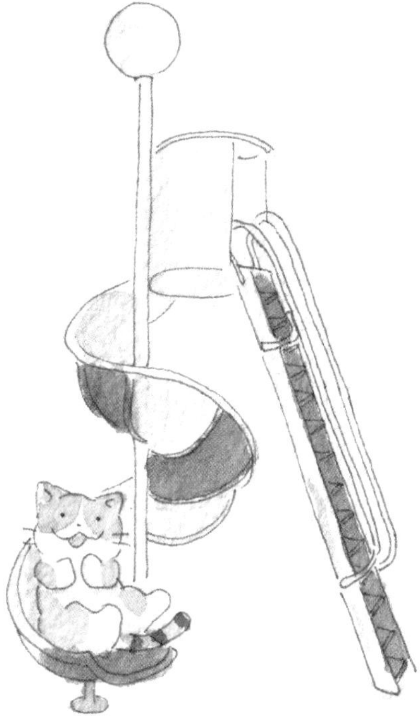

遊戲结束後看到雙手起了幾個繭。
這些沾上金屬氣味的繭，
彷彿是今天盡情玩耍的勳章。

今天吃什麼呢？
我已經可以一個人吃完一份餐，
因為我已經是大人了啊。

每次都是同樣的餐單，
每次都看同樣的風景。

太普通太平凡了，
那時候總覺得一切都很無聊。

長大後才發現原來不用改變；
每天能做同樣的事情，
是一件十分幸福的事情。

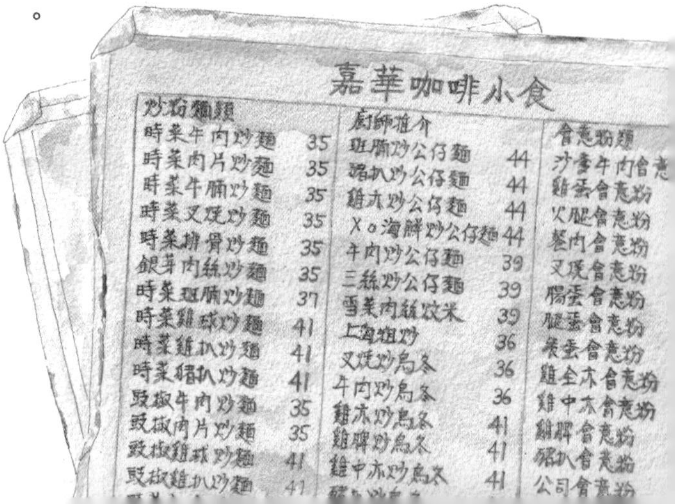

嘉華
茶啡小食
manganaoho

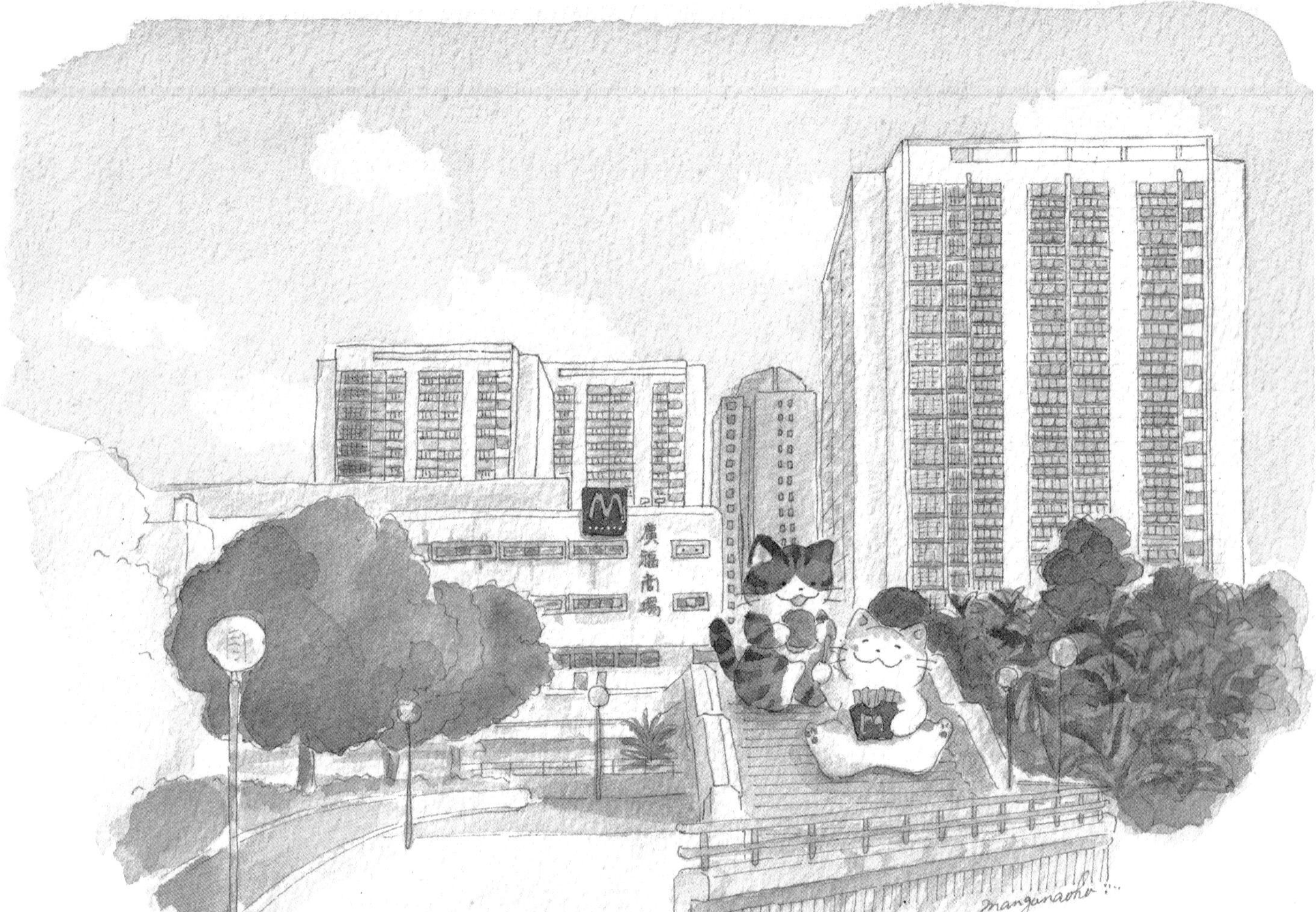
廣福商場
manganaoko

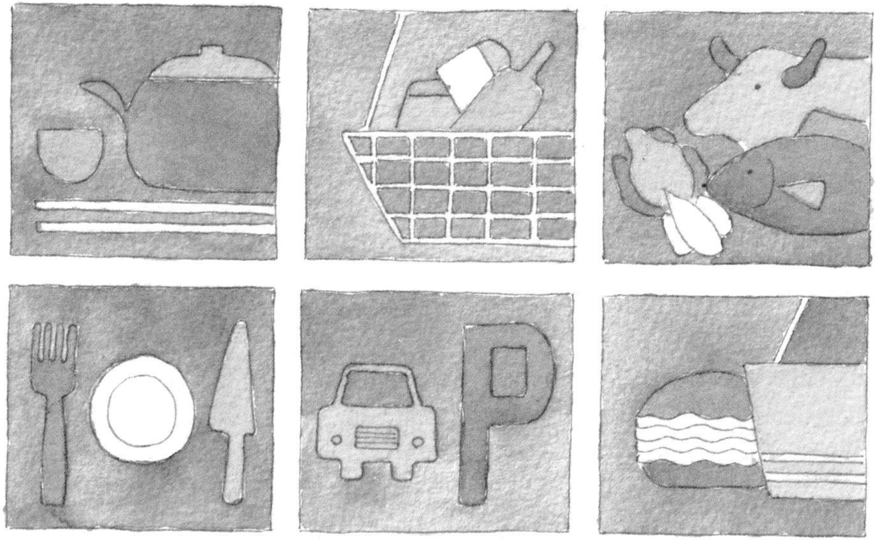

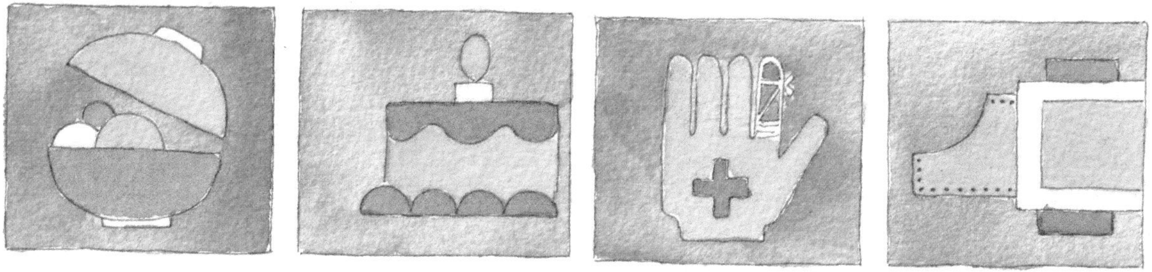

漢堡包的發源地在哪裡你知道嗎？
聽說是外國某個地方，
絕非起源於這個商場啊。
我很博學多聞吧～

今天天氣很好，
微風吹過。
是很適合放風箏的日子。

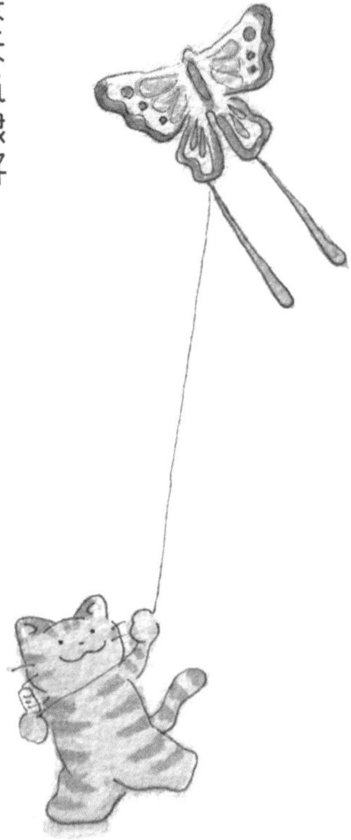

manganaoko

小時候到公園練習騎腳踏車，
搖搖晃晃還是不太會騎，
所以爸爸經常在後面扶持著我。

一邊往前踩著腳踏一邊叮囑爸爸：
「唔好放開手啊！」

聽到後面爸爸回答：
「手一直扶住啊～」

直至有一天跌倒，
往後看才發現原來爸爸不在後面，
而是站在遠處朝我的方向揮動雙手。

「唔係一個人都騎得掂咩？已經學識咗啦！」

第一次學會一個人騎腳踏車的日子，

也是學習離開爸爸扶持的開始。

「你好好扶住呀！」

長大以後我也會回來扶著你走。

花香清幽撲鼻
樹木青翠欲滴
春風乍暖還寒
雨後泥土芬芳

每年到這個時候，
動植物們一定會傾巢而出，
一起歌頌春天的到來。

所以春風裡總夾雜著很多不同的氣味和聲音。

「春天來了，
春天來了，
來到哪理呢？
來到香港，
來到大埔，
也來到了廣福。」

（註：改編自日本經典童謠《～春天來了～》）

石圍角邨

HONG KONG
HOUSING AUTHORITY
石圍角邨
香港房屋委員會
SHEK WAI KOK ESTATE

有聽過《小狗警察》這首日本兒歌嗎？

「迷路了、迷路的小貓咪，

妳的家在哪裡呢？」

歌詞裡的小貓好像連自己的名字和住址都不知道，

只是不停地哭，弄得小狗警察也很困擾。

不過這裡有一幅大地圖，

是連颱風來也吹不走的超級地圖啊！

看著地圖，就能夠指給小狗警察看家的位址吧。

如果小貓住在這裡一定不用哭啊。

全身濕透了吧。
小心別感冒啊！
這裡一定會淋到雨，
這把傘子你拿去用吧。

67 石圍角邨

麥當勞叔叔一直維持著同樣的姿勢，
為什麼總覺得他比我更帥氣呢？

總共有幾款啊？

你又擁有幾款呢？

有利海鮮酒家
石圍角商場·街市
Shek Wai Kok
TAXI

爺爺在酒樓或家後面的公園（城門谷公園），
媽媽在超市或街市，
哥哥在快餐店或籃球場，
我在文具店或士多。

不用問「你而家喺邊呀？」，
也大概知道大家去了哪裡。
即使找不到人，在家等就好，
因為時間到了，就一定會回家。

顏色不多，
聲音也單調，
動作也只有上下移動而已。
不過真的很好玩！
朋友在旁邊也看得很過癮啊！

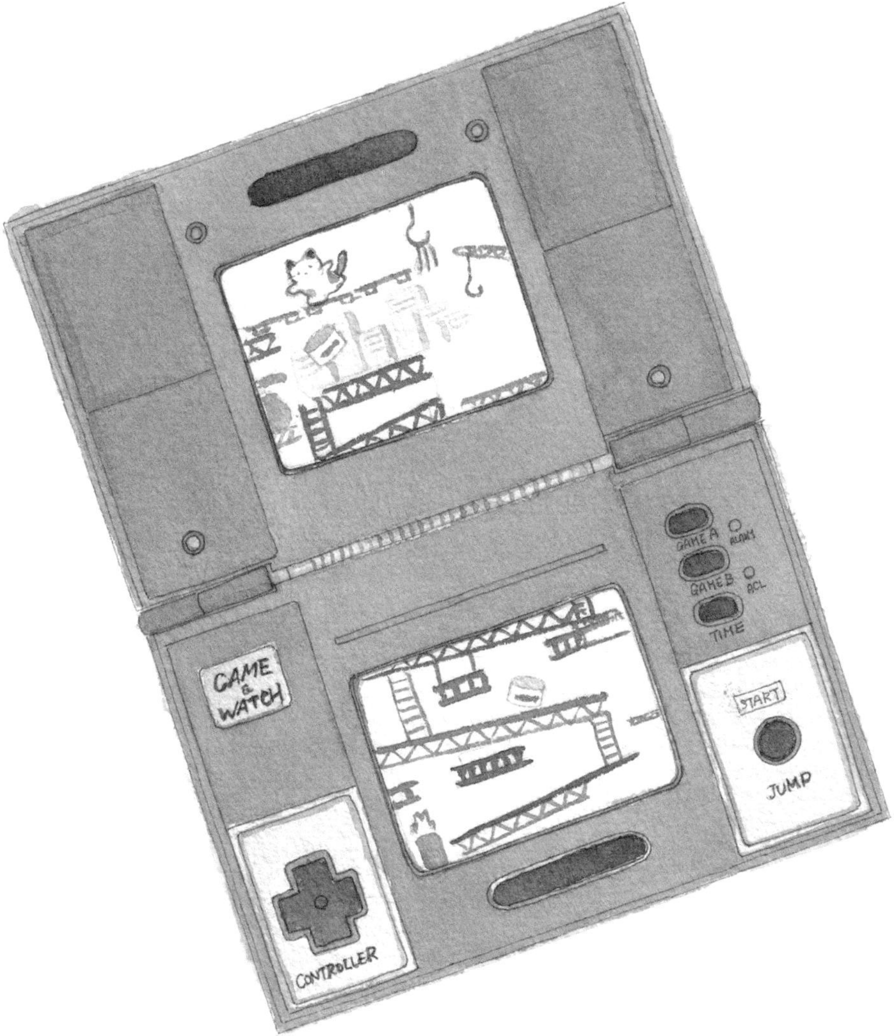

石圍角邨

在這裡等一下的話，
感覺會出現龍貓巴士。

大興邨

長頸鹿先生～長頸鹿先生～

你只吃草不吃別的，

為什麼可以長得那麼高大呢？

等一下偷偷告訴我可以嗎？

放心啊，我是不會跟別人說的。

MAX. HEADROOM 16'9" (5.100m)
限制高度十六呎九吋 (5.100米)
manganaoko

小時候，
曾經很羨慕可以一個人進去餐廳吃飯。

一個人坐在位子上，
一個人點餐，
一個人慢慢享受食物。

那是自己不知道的「大人世界」。

有一天終於拿出勇氣，自己一個人去餐廳。

不知道餐廳會不會不給小朋友一個人進去呢？
其他人會不會覺得很奇怪呢？
不知道自己能不能跟大人一樣順利點餐呢？

從一開始到最後緊張得一直汗流不停，
但自己叫的飲料格外美味。

長大之後，雖然「一個人」已經變得不再特別，
不過第一次在國外自己點飲料的時候，
彷彿又嘗到小時候那一口冒險的美味。

叉燒煎蛋飯

奶茶

雖然好吃，
但很難用來做手信。
如果有隨意門可以送外賣就好了。

行藥西中發華
免息分期
manjunaoko

薯片，
就是要邊走邊吃才好吃啊。

小時候的我；
和長大後的我；
住在遠方的家人；
還有很久沒見的朋友們，

大家
都在看著同一個月亮啊～

mangunaoko

大興(南) Tai Hing (South)
2
manguncoho

日本動漫在世界各地很受歡迎，
很多人覺得故事有趣、畫功細膩，
不少人還會特意到訪很多動漫裡出現過的場景，
叫做「動漫朝聖」。

不過請閉上眼睛一下，
然後再慢慢張開，
仔細看看你每天看到的景色，
你會發現，其實周圍也有很多特別的場景。
即使習以為常、你覺得無聊的景色，
只要換一個角度和鏡頭，
也一定能體會到它的美和獨特之處。

富山邨

「阿媽，我去剪頭髮啊～」

之前媽媽是陪著我從店的左邊一起進去的，

突然有一天卻叫我自己一個人進去。

媽媽說因為我已經長大成貓了，
所以可以升級到右邊理髮啊。

原來，我已經長大了啊。

坐在髮廊的椅子上會有點緊張對吧？
鏡子裡還看到有一隻跟我長得很像的貓。
不管動作還是說話，做什麼都完全一模一樣。
剪頭髮後那個滿足的笑臉果然也一樣。

麻煩你，幫我剪得帥一點啊。

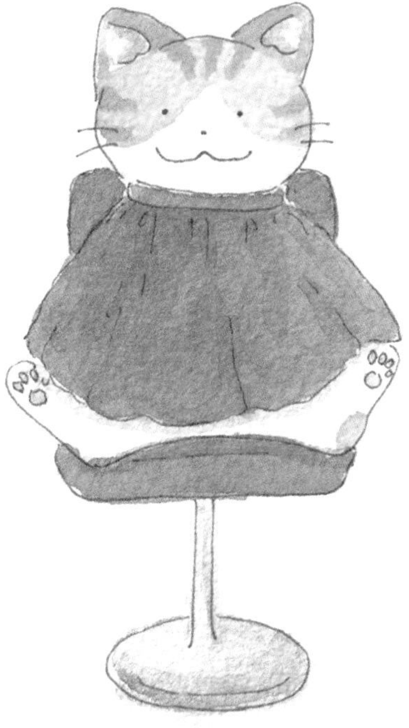

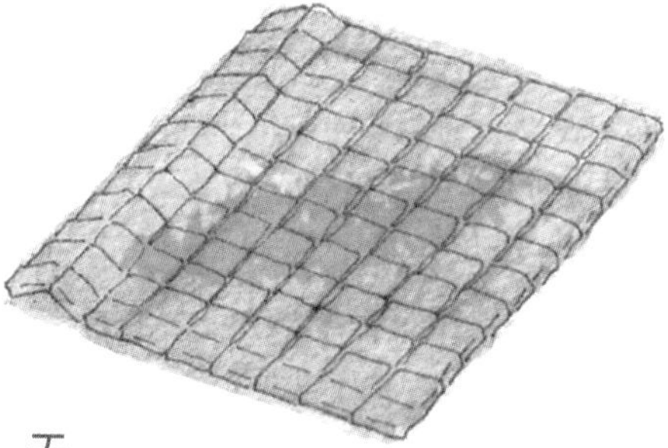

天然的涼快坐墊

1個2・5蚊
2個4蚊

媽媽本來說是來買西餅給我吃的，
「買2個平啲喎！」
結果也買了一個給她自己。
口說不是想吃，只是因為便宜才買。
回家後卻比誰都吃得津津有味。

林園餐廳
冷熱飲品
林園
餐廳
manganaoho

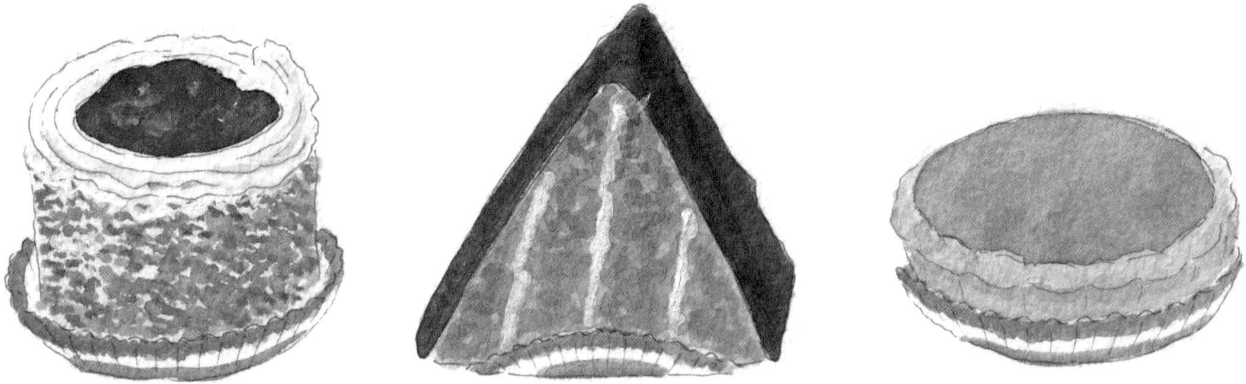

法國有 Macaron
奧地利有 Sachertorte
意大利有 Tiramisu

世界有各式各樣的甜品，
不過還是小時候吃的甜品最有親切感。

什麼時候都要在一起啊～

福
魚香茄子
西檸雞
滑蛋蝦仁
涼瓜火腩
椒鹽豬扒
黑椒牛仔骨
中式牛柳

漁光邨

海港樓
26 HOY KONG LAU

約朋友出去玩的方法很簡單。

如果朋友要來找我玩的話，
就會聽到窗外有人大喊我的名字。

「早晨呀！」

那，我出去一下啊。

早上天空才跟太陽公公嬉皮笑臉，
下午卻突然和雲伯伯哭起來了。
不過哭一陣子又突然笑起來。
哭一下笑一下，
笑一下又再哭一下。
夏天的天空真的喜怒無常啊。

漁光村
Yue Kwong Road
漁光道

長大後要加入足球隊，
當個守門員。

膝蓋往下彎一點點，身體再往前傾一些。
這個姿勢簡直是完美無瑕啊。
我有信心，能擋下禁區外的射門！

「唉呀，你而家先出去？」

「係呀，阿媽叫我去買嘢呀。」

PUBLIC LIGNT BUS 16 SEATS 公共小型巴士 十六座位

未來究竟是怎麼一個模樣呢？
會是一個充滿魔法的世界嗎？

如果能使用魔法，
妳會想做什麼呢？

長青邨

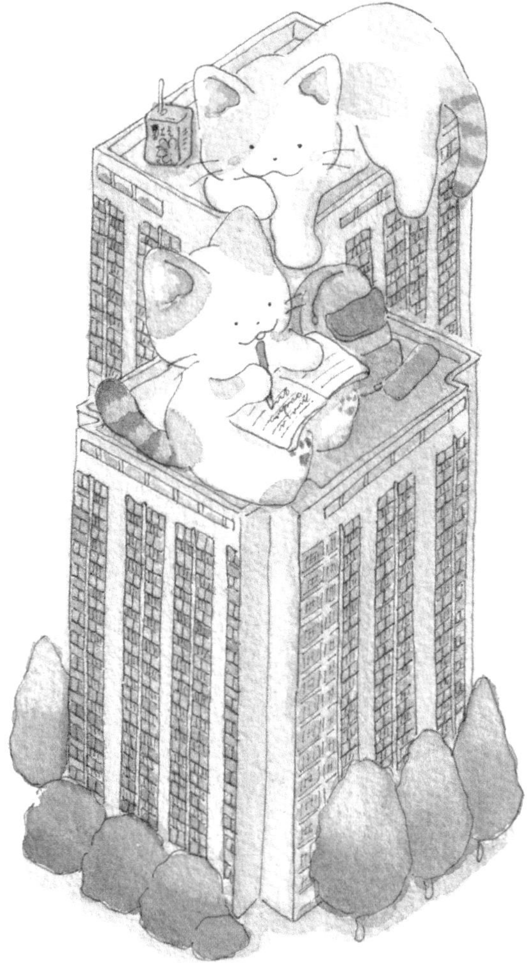

外國是怎樣的地方呢？

去書店買一本旅遊書，
憑想像力穿山過海遊覽沒去過的地方。

應該有很多不同種類的錢幣吧？
不知道要怎麼打電話回家呢？
究竟要不要給小費呢？
「多謝」其他語言是怎麼說的呢？

這家餐廳看起來不錯耶，
那個地方感覺也很好玩！

看到重要的事情，
還有覺得有趣的地方，
都會用螢光筆劃起來以免忘記。

呀～一不小心把整頁都劃得滿滿了！

不過這樣也很好玩，

希望真的能早點去國外看啊。

請問幾位呢？
想坐露天或是室內呢？
我們還有卡位啊。
彷彿去了巴黎優雅的露天茶座，對吧？

鑽石茶餐廳
15
平台商場酒樓

開始新的一天

嘭、嘭、嘭～
咚、咚、咚～

下樓梯的聲音、
和步行的聲音，
雖然聽起來都很像，
不過每個人還是不一樣的啊。

你最重視的人，
能辨別出他們的腳步聲嗎？

manganacha

真善美好

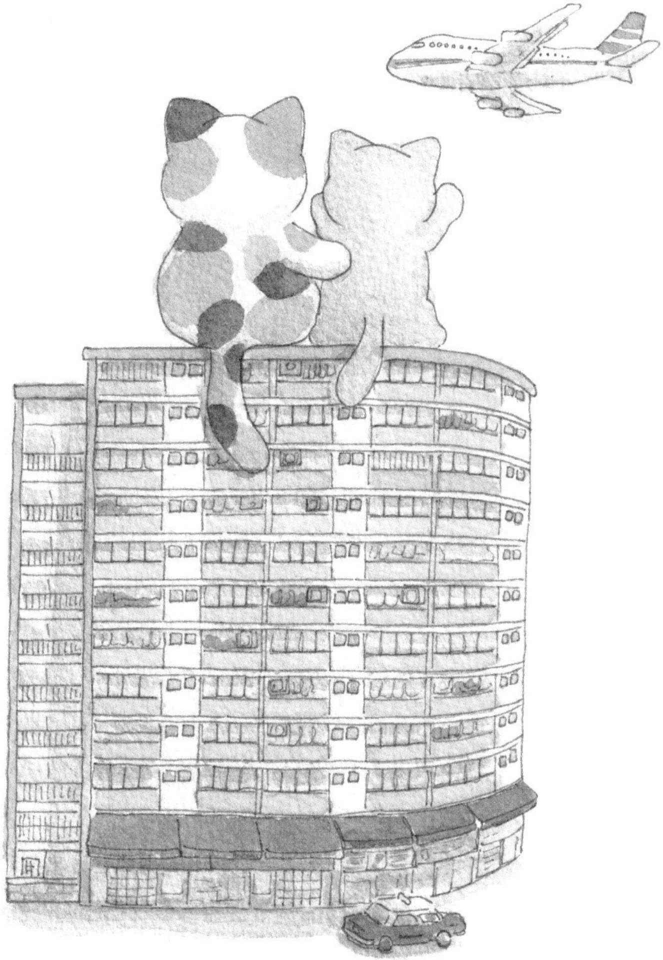

「早晨呀！今日都好熱呀可？」

今天店裡又來了幾位熟客。

每次都坐在同一個位置，
每次都點同樣的餐，

大家都有自己的「堅持」。

而對於每個人的「堅持」，
老闆也記得一清二楚。

還有還有：
「已經讀小學啦？大得好快嚕！」
「你個女結婚未呀？」
說他看著大家成長也不為過。

最近改了「手機落單」，
老闆說工作又快又少出錯。
不過還能跟大家這樣交流嗎？
下單不只是一份工作那麼簡單啊，
那只是整個過程的一半吧。
下次見面要提醒他一下。

腸粉

二棲
1/F
mangumacha

包～剪～揼！

我不太會出剪，

不知道大家有沒有發現呢？

夏天溜滑梯，
熱得屁股也差點被燙傷。
不過不用擔心，
只要克服那個燙燙的感覺，
還是能玩得很開心的。

「各位乘客您好，
呢個係來自機長嘅廣播。
我哋即將降落香港啟德機場，
現在當地氣溫為攝氏22度，天色晴朗。
請您扣上安全帶準備降落。
非常感謝您今日搭乘我哋嘅航班，
祝您有愉快的一天。」

MEOW PACIFIC
HONG KONG
KAT TAK

後記

我的畫作世界裡有很多貓咪活在其中。
當了小天使的毛孩們，也一如既往跟家人朋友在一起。
即使無法再擁抱牠們，也能把牠們留在心裡；
即使再聽不到牠們的回應，也可以繼續傳達我們的心意。

哪個毛孩最喜歡什麼地方、哪個毛孩有點神經質、
哪個毛孩最喜歡吃東西、哪個毛孩最愛講話。

邊思考每隻貓咪的個性，
邊回憶每隻貓咪的故事，
然後把牠們一一畫在作品上。
我的日常風景也慢慢呈現出一個貓咪世界。
看著牠們自然會綻放笑容，心情也會放鬆下來。
看來很普通平凡，在幸福的貓世界裡卻是十分滿足。

晴天太陽的溫暖，
下雨天空氣清新。

一起吃飯的美味，
一起大笑的歡樂，
還有安心睡覺的幸福。

我也從貓咪的身上學習如何慢活，
跟毛孩們一樣盡情享受「簡單」的生活樂趣。

Mango Naoko

《鴛鴦茶餐廳》

在擁擠的車廂裡，匆忙推著行李箱立刻往出口走去。

「唔該！！！！！」

推著行李箱急著下車的我，竟無意識地在車廂大聲說了一句。

來自日本的 Mango Naoko，在香港渡過六個寒暑，喝上香港獨有的鴛鴦，繼續與貓咪一起，在茶餐廳內品嚐咖啡和紅茶混在一起的味道。

《櫻花樹下的鴛鴦茶》

平凡的生活，
可能不夠新鮮刺激，
卻充滿最貼地的生活感。

在這裡，你不會找到那種人生必去景點或日本最酷的潮流資訊，卻能感受到另一種更寫實更樸素的感覺。

貓咪香港系列作品

生於日本神奈川縣的插畫師 Mango Naoko，來港旅遊時與丈夫邂逅，二〇一三年移居香港。她將貓咪各種形態結合香港景物，創作出「貓咪香港」系列畫作。

《屋邨喵·散步日和》

記得第一次到訪香港的舊式屋邨，很神奇的有種令人懷念的感覺。那是一個時代的獨特氣息，無論在日本或香港都叫人回味。

無論年紀多大，無論住在那裡，最安心的，永遠都是自己的家。

屋邨喵
笑門來福

作者 Mango Naoko
責任編輯 Jeremy Tse
裝幀設計 joe@purebookdesign

出版 星夜出版有限公司
網址 www.starrynight.com.hk
電郵 info@starrynight.com.hk

香港發行 春華發行代理有限公司
地址 九龍觀塘海濱道 171 號申新證券大廈 8 樓
電話 2775 0388
傳真 2690 3898
電郵 admin@springsino.com.hk

台灣發行 永盈出版行銷有限公司
地址 231 新北市新店區中正路 499 號 4 樓
電話 (02) 2218 0701
傳真 (02) 2218 0704

印刷 嘉昱有限公司

圖書分類 圖文／流行讀物
出版日期 二〇二四年七月初版
國際書號 978-988-76504-1-6
定價 港幣一百一十八元
新台幣五百九十元